DISCOURS

SUR LA CERÉMONIE

DE LA CONSECRATION

DE L'EGLISE ROYALLE

DE LA

PAROISSE DE MARLY.

Prononcé le premier jour d'Avril 1689.

Par Meſſire FRANÇOIS DE BATAILLIER Evêque de Bethléem, Conſeiller du Roy en ſes Conſeils.

A PARIS,

Chez SIMON LANGRONNE, ruë Saint Victor, au Soleil Levant.

M. DC. LXXXIX.

Avec Approbation des Docteurs.

DISCOURS

SUR LA CÉRÉMONIE

DE LA

CONSECRATION DE L'EGLISE ROYALE

DE LA

PAROISSE DE MARLY.

UOY que les perfections de Dieu ne foient pas diftinguées de Dieu même, & qu'elles foient toutes infinies, il faut avoüer neanmoins que les unes paroiffent avec bien plus d'éclat que les autres, lors qu'on les regarde dans leurs effets. La fainteté de Dieu, par exemple, fe rend fi remarquable dans le Ciel, elle y brille avec tant d'éclat, qu'on diroit qu'elle y eft toute feule, & que les Efprits bienheureux n'ont à loüer Dieu que parce qu'il eft Saint, puis qu'ils répetent inceffamment cet admirable éloge, *Il eft Saint*. Je puis cependant affurer que cette Sainteté Divine ne paroît pas avec moins de pompe & d'éclat dans nos Eglifes que dans le Ciel, & qu'elle s'y fait même remarquer d'une maniere plus excellente.

Et c'eft ce qui nous doit faire davantage déplorer l'étrange aveuglement des Chrêtiens, qui perfuadez de cette verité, que le Dieu du Ciel & de la Terre remplit nos

A ij

Temples de ſa preſence & de ſa gloire, n'ont pas neanmoins toute l'eſtime & tout le reſpect qui ſont dûs à de
ſi ſaints lieux. Que ne regardons-nous nos Temples comme des Cieux racourcis, ainſi que S. Chryſoſtome les appelle ! Ne nous eſt-il pas permis d'adorer Dieu, & de faire dans nos Temples ce que les Anges font dans le Ciel ?
Ne ſont-ils pas le Ciel de la Terre, ſi l'on peut ainſi parler ? Et ne faudroit-il pas que les hommes y apportaſſent
tout ce que les Anges ont de reſpect, & de cette ſainte
frayeur dont ils paroiſſent toûjours ſurpris devant le Trô-
ne de la Majeſté Divine ?

J'oſe ajoûter que Dieu, toûjours grand & toûjours ado-
rable, nous donne de plus admirables marques de ſa
ſainteté dans nos Egliſes, qu'il n'en donne même dans le
Ciel. Nous en ſerons perſuadez, ſi nous prenons garde
que de toutes les perfections divines la ſainteté eſt toûjours la moins connuë ; car être Saint, c'eſt être éloigné
& ſeparé de toutes les choſes de la Terre.

Le peuple Juif étoit appellé Saint, parce qu'il avoit été
choiſi & ſeparé de toutes les Nations pour être le peuple de
Dieu, & qu'il ſembloit qu'ayant oublié le reſte du monde,
il n'avoit d'attention & de bonté que pour les Juifs. Nos
Prêtres ſont appellez Saints, parce que la dignité de leur
Miniſtere les oblige à ſe ſeparer du commerce du monde,
& à ſe conſacrer entierement au ſervice des Autels. Les per-
ſonnes Religieuſes ont auſſi un titre de Sainteté, parce qu'é-
tant ſéparées du ſiecle elles ne doivent plus rien avoir de
commun avec les autres hommes.

Et vous, mon Dieu, ne vous appelle-t-on pas le Saint par
excellence, parce que, tout renfermé en vous-même, vous
êtes infiniment élevé au deſſus de toutes vos creatures ? Vous
êtes par tout, parce que vous êtes immenſe. Vous êtes ſé-
paré de tout, parce que vous êtes Saint ; Ce lieu ſi ſaint, ſi
digne de vous, où vous demeurez c'eſt vous-même, c'eſt

vôtre

cleſia eſt
us An-
orum &
hange-
um, Re-
um Dei,
um cœ-
n. Quod
non cre-
, reſpice
hanc
nſam, id
altare.

u autem
ſancto
pitas.

vôtre eſſence ; tout ce qui eſt hors de vous n'eſt pas digne de vous.

Mais, ô bonté de nôtre Dieu ! tout Saint & tout ſuffi-
ſant qu'il eſt à luy-même, il veut bien cependant, pour
demeurer avec nous, ſe choiſir un lieu ſur la Terre, & le
ſanctifier de ſa preſence. J'entreray dans ſa Maiſon, dit «
le Prophete, je l'adoreray dans ſon ſaint Temple ; c'eſt là «
que je le trouveray tout plein des grandes miſericordes «
qu'il vient verſer ſur les hommes, auſſi glorieux dans nos «
Egliſes que dans le Ciel. Je l'y louëray, & j'admireray «
cette bonté infinie qui l'abaiſſe juſques à nous, & qui le «
renferme dans un lieu ſi étroit, afin ce ſemble qu'il écou- «
te avec plus d'attention nos vœux & nos prieres ; Et voi- «
là le premier ſujet de nôtre étonnement ſur la conduite
de Dieu, à l'égard de nos Temples.

Il eſt vray que c'eſt une eſpece d'abaiſſement pour Dieu
quand il ſe fait voir dans le Ciel aux Ames bienheureu-
ſes, mais ce qui releve ce lieu & ce qui y fait honneur à
ſa ſainteté, eſt que les Bienheureux ſont dans le continuel
exercice d'un amour parfait & conſommé. Dieu ne perd
rien ny de ſa gloire ny de ſa grandeur, en ſe communi-
quant à des hommes ſi parfaits & ſi dignes de luy ; mais
quand il deſcend juſques à nous ſur nos Autels, qu'il ſe
renferme dans un lieu ſi peu convenable à ſa Majeſté, où
ſouvent il eſt ſi peu honnoré, c'eſt ce qui nous doit ravir
en admiration.

Eſt-il donc vray, Seigneur, diſoit Salomon, que vous
vouliez demeurer avec nous, dans une Maiſon bâtie de
nos mains ? Qui pourroit croire que celuy à qui l'immen-
ſité des Cieux ne donne point de bornes, voulût comme
rétrecir ſa grandeur, & ſe proportionner au lieu qu'on
luy prepare ſur la Terre ? Ce ne peut être que l'effet d'u-
ne bonté & d'une ſageſſe infinie, de ſe proportionner
ainſi à nos foibleſſes & à nôtre petiteſſe ; mais diſons

Ergo ne [putandum]
tandum [eſt]
quod ve[re]
Deus ha[bi-]
tet ſup[er]
terram.

B

que ſi c'eſt trop faire pour d'indignes creatures, ce n'eſt pas trop à l'amour d'un Dieu pour des hommes qu'il veut ſauver.

Peu contente de cet inviſible abaiſſement dans nos Egliſes, la ſainteté de Dieu veut encore paroître comme viſiblement dans la conſecration de nos Temples, elle s'imprime en quelque maniere ſur nos murailles, ſur les pierres de nos Autels; car ces cercles, ces croix, ces encenſemens, ces applications du ſaint Crême, ces cierges allumez, tant de chants repetez; que ſont-ce autres choſes que de ſenſibles caracteres de la ſainteté de Dieu, à qui ces Temples ſont dédiez? J'oſe dire que c'eſt elle-même qui fait des impreſſions de ſa vertu ſur toutes ces choſes.

Pour en être perſuadé il ne faut pas ſeulement regarder le Prelat qui fait les cérémonies de la conſecration des Temples, mais il faut regarder en luy la perſonne qu'il repreſente, c'eſt à dire J E S U S-C H R I S T dont il tient la place, & qui eſt le Souverain Pontife qui preſide à cette conſecration. Le Prelat que vous voyez dans les fonctions d'un ſi ſaint Miniſtere, n'eſt que l'inſtrument du Prêtre Eternel ſelon l'ordre de Melchiſedech. Et comme dans le ſaint Sacrifice de la Meſſe il y a, dit S. Chryſoſtome, ſous la main du Prêtre une autre main plus ſainte & plus ſanctifiante, qui eſt celle de J E S U S-C H R I S T, laquelle conſacre & ſanctifie l'Hoſtie qui eſt offerte; de même dans les cérémonies de la Benediction d'une Egliſe, nous pouvons croire que J E S U S-C H R I S T eſt revêtu des mêmes ornemens que l'Evêque qui conſacre, qu'il fait inviſiblement ce que nous voyons faire à l'Evêque; qu'il ſe rend viſible en luy, & qu'il y marque par tout les traces de ſa Sainteté, pour rendre ſaintes nos Egliſes.

A Dieu ne plaiſe que nous ne regardions donc que des yeux du corps la grandeur, la ſtructure, & la magnificence de nos Egliſes. Il faut que la foy vienne au ſecours

Cogita
aſi manũ
hriſti in-
uibilis &
tenſam.

de nos yeux, pour ne plus faire attention ſur nos Temples que comme ſur des lieux qui ont changé d'état, qui portent de ſenſibles rayons de la Divinité, & qui n'ont plus rien de prophane. Diſons-nous à nous-mêmes ce qu'un des Diſciples de JESUS-CHRIST luy repreſenta un jour; Regardez ce prodigieux amas de pierres & l'arrangement où elles ſont; tout en eſt admirable, mais tout porte ſon inſtruction: car ces pierres ainſi élevées, arrangées, & conſacrées nous avertiſſent que ſi la Majeſté Divine habitoit dans ce Temple auguſte que Salomon fit bâtir, & que ſi chaque pierre avoit quelque vertu celeſte dépuis qu'elle ſervoit au ſaint uſage auquel Dieu l'avoit deſtinée, les Egliſes des Chrêtiens ſont bien plus conſiderables. Aſpice qua les lapides & quales ſtructuræ.

Car enfin c'eſt le Dieu vivant qui habite dans nos Temples inanimez, c'eſt ſon Eſprit ſaint, c'eſt la Divinité même qui en a pris poſſeſſion, & qui ſe fait reconnoître pour le Dieu des Dieux & pour le Roy des Rois; de ſorte qu'en même-temps que nos Egliſes ſont conſacrées, & qu'il eſt permis aux Fidelles de s'y aſſembler, elles deviennent un lieu de ſilence & de reſpect. Perſonne n'a plus de droit d'y parler que de Dieu ou de ſa part; chacun écoute avec attention & avec docilité la voix du Miniſtre des Autels. Tout ce qu'on y fait eſt ſaint; tout ce qu'on y dit eſt la verité, & ce qu'on y traite a un rapport eſſentiel à Dieu; ce qui nous marque combien ſa ſainteté ſe communique avec plus d'excellence & plus d'abondance dans nos Temples que dans le Ciel. C'eſt encore immediatement par luy-même que Dieu répend ſa ſainteté ſur les Bienheureux. Videbitu Deus deo rû in Sion

Mais ſur la Terre cette ſainteté ne ſe communique aux Saints que par l'organe des Prêtres, & par les fonctions qu'exercent ſes Miniſtres, qu'il a revêtus pour cela d'une Autorité Divine, afin que ſa grace opere interieurement dans le cœur des Fidelles tout ce qui ſe fait exterieurement Quod hic factum cor poraliter videmus in parietibus, spiritualiter fiat in mentibus.

par les Prelats dans la Benediction & dans la Confecration de nos Eglifes.

Voilà le principal deffein de Dieu dans cette augufte Cérémonie. Ces Croix fi fouvent imprimées fur les murailles, doivent nous faire fouvenir de l'obligation que nous avons de participer aux fouffrances de JESUS-CHRIST. Les caracteres qu'on y marque en plufieurs endroits, nous fignifient que l'Ecriture fainte doit faire le principal fujet de nos meditations. L'Eau benite, tant de fois appliquée, nous doit être un figne des larmes qu'il nous faut verfer par un efprit de penitence. Le feu eft le fymbole de la Charité, qui ne doit jamais s'éteindre fur l'autel de nos cœurs. L'Encens, nous marque l'Oraifon. Le Sel, la prudence Chrêtienne. Les Cendres, la mort. Le Crême, la douceur envers le prochain : Et les Cierges allumez, les bonnes œuvres dont nous devons éclairer & édifier le monde.

C'eft ce que Dieu demande de nous pour meriter d'être fes Temples vivans. Ne fçavez-vous pas, dit l'Apôtre, que vous êtes les Temples de l'Efprit de Dieu ? Ce qui fe paffe dans la cérémonie des Confecrations de nos Eglifes n'eft qu'une figure de ce que Dieu attend de vous. Il vaudroit mieux que le Temple materiel fût fans Benediction, que les Temples fpirituels fans Graces, fans Vertu, & fans Sanctification. Les Temples materiels ne font que pour les Temples fpirituels ; nous n'entrons dans nos Eglifes que pour y recevoir une nouvelle fainteté.

Grand avantage de nos Eglifes, qui nous les rend en quelque façon plus confiderables que le Ciel même, puis que les Bienheureux n'y acquierent aucun nouveau degré de fainteté. Ils n'ajoûtent rien à leurs vertus & à leurs merites ; leur amour confommé ne s'allume pas par des nouvelles flâmmes. Comme ils ne perdent rien de leurs graces, il ne leur en vient point de nouvelles. Mais les juftes

vont

vont toûjours dans nos Eglifes de vertu en vertu, nos Sacremens font des fources de graces qui ne nous laif-fent jamais en l'état où elles nous trouvent. Rien d'im-pur n'entre dans le Ciel, je l'avouë; mais on n'y reçoit point de furcrois de pureté. Nous venons fouvent dans nos Eglifes pleins de defauts & de pechez, mais nous y quittons bien-tôt ces taches pour nous revétir d'une ju-ftice qui ne fe borne pas, puis que celuy qui eft jufte, dit l'Ecriture, va encore plus loin dans les voyes de la Juftice.

Le Baptême ne rompt pas feulement les chaînes de nos pechez, il nous rétablit encore dans la glorieufe qualité d'Enfans de Dieu. Et fi nous fçavons bien ménager la grace Baptifmale, & conferver l'innocence Chrétienne, il augmentera en nous cette grace d'onction, & nous fera meriter une plus grande part dans l'heritage du Pere celefte. C'eft par la Confirmation que nous fommes foû-tenus contre nos propres foibleffes, & contre la force des tentations. La Penitence nous rend une meilleure vie que celle que nous avions perduë par nos pechez. L'Eu-chariftie nous nourrit de ce Pain des forts, qui nous rend propres aux grandes vertus.

Aprés cela n'y a-t-il pas lieu de s'étonner qu'il y ait fi peu de Saints, & fi peu de fainteté parmi les Chrétiens. Car on peut diftinguer deux fortes de perfonnes qui fe prefentent dans nos Temples, les unes y viennent com-me de parfaits adorateurs, adorer le Pere celefte en efprit & en verité, elles font de férieufes reflexions fur l'œu-vre qu'ils y viennent accomplir; ils penfent que c'eft à Dieu qu'ils ont à parler, que c'eft leur Juge qu'ils vont fléchir, que c'eft leur Bienfaiteur qu'ils vont reconnoî-tre, que c'eft à l'Auteur de la Grace qu'ils vont adref-fer leurs requêtes.

Mais d'autres fe trouvent dans nos Eglifes feulement

par cérémonie, & par un culte feint & hypocrite. Ils ont les yeux baissez, mais leurs cœurs sont élevez par un orgueil de Lucifer. On diroit qu'ils y viennent pour prier, & c'est plûtôt afin de donner des rendez-vous, pour des affaires temporelles. L'air devot qu'ils y portent ne sert qu'à leur plus grande condamnation, puis que leur priere se change en peché, & leur sacrifice en sacrilege. Vous les prendriez pour des images saintes, tant ils sont modestes; mais ce n'est qu'une peinture plate & inanimée. C'est d'eux de qui parle l'Ecclesiastique: *Cor suum dabit in similitudinem picturæ.*

Voyez-vous ces Anges en bosse à côté du grand Autel, rien ne paroît plus modeste, plus respectueux & plus devot, mais ce n'est qu'une apparence de modestie & de pieté? N'ayant point de vie, ils ne peuvent avoir aucune vertu vivante; ainsi plusieurs personnes paroissent dans nos Eglises avec cet air de devotion qui les fait admirer : mais n'ayant ny charité ny verité, on doit compter pour rien tous ces dehors d'une sainteté empruntée.

Nous ne pouvons gueres trouver d'exemples plus touchans d'une solide & sincere pieté dans nos Eglises, que celle qu'y fait paroître nôtre invincible Monarque LOUIS LE GRAND. Peu content des grandes dépenses que sa liberalité Royale lüy a fait faire pour la fondation & pour les ornemens de ce magnifique Temple qu'il vient d'élever à la gloire du Dieu vivant; il veut marquer son zele dans tous les Temples où sa pieté l'appelle. Il n'y garde pas seulement ce respect édifiant qu'il a pour les choses saintes, parce qu'il a coûtume de bien faire tout ce qu'il fait, & qu'étant toûjours grand, toûjours moderé, & toûjours religieux, il porte par tout son esprit de grandeur, de moderation, & de religion.

Mais on peut dire qu'étant plus Roy dans nos Eglises

que par tout ailleurs, il y rend fa pieté plus remarquable. Ne l'y voit-on pas toûjours dans la pofture d'un
Prince touché de la grandeur des myfteres qui s'y ope-
rent ? Ne diroit-on pas qu'il rend fa foy fenfible par le
refpect avec lequel il approche de fes Autels ? Que ce
profond filence qu'il y garde ; que cette religieufe attention qu'il y obferve ; que le pieux foin qu'il y prend de la
modeftie & de la retenuë de tous ceux qui font à fa fui-
te, ne font que les vifibles effets de la pieté interieure dont
il eft penetré ? Qu'on admire en luy fes Royales qualitez,
qui l'élevent autant au deffus des autres Rois, que les
Rois font élevez au deffus de leurs peuples. Il me fuffit
d'ajoûter qu'étant Roy Tres-Chrêtien par les droits de fa
Couronne, il eft encore plus Chrêtien par le refpectueux
attachement qu'il marque pour le culte des Autels. Un
fi grand exemple n'édifiera-t-il pas les Grands & les Pe-
tits, & ne les portera-t-il pas à la veneration pour nos
Eglifes ?

Seigneur, qui protegez les Rois & les Princes, qui font
vos plus vives images fur la Terre, fouffrez que nous
vous reprefentions que vous êtes encore plus obligé de
proteger nôtre invincible Monarque LOUIS LE GRAND,
puis qu'il foûtient vôtre gloire avec plus de zele, plus de
force, & plus de fuccés que tous les autres Princes du monde. C'eft pour obtenir un redoublement de protection
fur fa Perfonne facrée que nous allons offrir le premier
Sacrifice fur cet Autel ; afin que mêlant nos larmes avec
le Sang de l'Agneau, nous foyons plus efficacement écou-
tez de vôtre divine Bonté. Vous voyez du haut du Ciel
combien ce grand Monarque a toûjours paru plein d'ar-
deur pour vôtre culte. Vous fçavez qu'à quelque haut
degré de puiffance que LOUIS LE GRAND foit par-
venu, il n'oublie pas qu'il en eft redevable à vos Bon-
tez : & qu'il n'a triomphé de tant d'Ennemis que pour vous

offrir avec plus de reconnoiſſance tout le fruit de ſes Conquêtes. Prolongez, Seigneur, les jours d'un Prince ſi accompli. Faites qu'animé ſans ceſſe de vôtre Eſprit, il continuë de le communiquer aux Peuples que vous luy avez ſoumis ; & que la durée de ſon Regne aſſure la gloire de la Religion, le repos de l'Egliſe, & la felicité de ſes Sujets.

Veu l'Approbation, permis d'imprimer.
Ce 21. Mars 1689. DE LA REYNIE.